AF242984

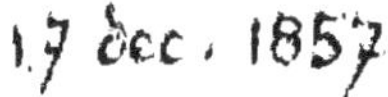

CATALOGUE

D'UNE COLLECTION

DE

TABLEAUX

ANCIENS

Des Écoles Hollandaise, Flamande et Française

PROVENANT DE L'ÉTRANGER

DONT LA VENTE AURA LIEU

HOTEL DES COMMISSAIRES PRISEURS

Rue Drouot, n° 5

SALLE N° 3

Le Jeudi 17 Décembre 1857, à 2 heures précises.

Par le ministère de M° **DELBERGUE-CORMONT**, Commissaire-Priseur, rue de Provence, 8,

Assisté de **M. DHIOS** fils, Appréciateur, rue Le Peletier, 38.

EXPOSITION PUBLIQUE

Le Mercredi 16 Décembre 1857, de midi à 4 heures.

PARIS

RENOU ET MAULDE

IMPRIMEURS DE LA COMPAGNIE DES COMMISSAIRES-PRISEURS

rue de Rivoli, 144.

1857

EXEMPLAIRE DE DHIOS

297 - 20
82 -

8   379 - 20
60 - 19
318 - 48
297 - 48
021,100

24 - 48
22 - 50
5 -
8 - 50
60 - 18

297 - 20
82 -
379 - 20
80   2
198

CATALOGUE

D'UNE COLLECTION

DE

TABLEAUX

ANCIENS

Des Écoles Hollandaise, Flamande et Française

PROVENANT DE L'ÉTRANGER

DONT LA VENTE AURA LIEU

HOTEL DES COMMISSAIRES PRISEURS

Rue Drouot, n° 5

SALLE N° 3

Le Jeudi 17 Décembre 1857, à 2 heures précises.

Par le ministère de Me **DELBERGUE-CORMONT**, Commissaire-Priseur, rue de Provence, 8,

Assisté de M. **DHIOS** fils, Appréciateur, rue Le Peletier, 33.

EXPOSITION PUBLIQUE

Le Mercredi 16 Décembre 1857, de midi à 4 heures.

PARIS

RENOU ET MAULDE

IMPRIMEURS DE LA COMPAGNIE DES COMMISSAIRES-PRISEURS,

rue de Rivoli, 144.

1857

CONDITIONS DE LA VENTE.

Elle sera faite expressément au comptant.

Les adjudicataires payeront cinq pour cent en sus de leurs adjudications, applicables aux frais.

DÉSIGNATION

DES TABLEAUX

LECCHI (Antonio).

1 — Sur une table recouverte d'un riche tapis de Turquie, sont posés plusieurs vases d'ornement et d'autres objets précieux.

DU MÊME.

2 — Pendant du précédent, même genre de composition.

CAPELLE (Van).

3 — Petite Marine.

BERKHEYDEN (Gérard).

4 — Vue d'un village hollandais.

DU MÊME.

5 — Vue d'une ville de Hollande.

ASSELYN (Jean).

6 — Paysage avec architecture et monuments en
ruine.

DIETRICH.

7 — Tête de vieillard.

DU MÊME.

8 — Tête de vieillard avec barbe.

CRAESBEKE.

9 — Le Toucher, scène d'intérieur.

DU MÊME.

10 — La Vue, pendant du précédent.

OSTADE (Attribué à Adrien).

11 — Paysan hollandais.

DICK (Attribué à Van).

12 — Tête d'enfant.

WOUVERMANS (Philippe).

13 — Cavalier monté sur un cheval blanc.

CUYP (Albert).

14 — Dans un paysage un cavalier est arrêté près
d'une femme qui lui indique la route.

BREYDEL dit LE CHEVALIER.

15 — Choc de cavalerie.

DU MÊME.

16 — Une Bataille, pendant du précédent.

LENZEN, élève de OMMEGANK.

17 — Paysage et animaux.

OSTADE (ISAAC).

18 — Le Concert bachique.

CLEVENBERG.

19 — Les Chiens savants.

MEER (VAN DER).

20 — Vue d'un port d'embarquement avec un grand nombre de figures.

HEYDEN (Genre de VAN DER).

21 — Vue d'une ville de Hollande.

GREUZE (JEAN-BAPTISTE).

22 — Portrait de Mlle Saint-Phal cadette, dans *Bajazet*, rôle deRoxelane.

CAPELLE (VAN).

23 — Marine par un temps calme, plusieurs navires à la voile.

BOUT et BAUDEWYNS.

24 — Le Départ pour le marché. Riche composition.

DE HEEM (Jean).

25 — Sur une table sont posés plusieurs vases fleurs et fruits.

DE KEISER. (École hollandaise moderne.)

26 — Un Hallebardier.

CARRÉ (Michel).

27 — Animaux à l'abreuvoir.

RUBENS (École de).

28 — L'Amour endormi.

MILLET (Francisque).

29 — Paysage historique.

EVERDINGEN (Albert van).

30 — Vue de Norwége, site montagneux.

VLIEGHER (Simon de).

31 — Marine, rue de Rotterdam.

TÉNIERRS (David).

32 — Le Repas des moissonneurs dans la ferme.

DE WETII (Jacques).

33 — Le Bon Samaritain.

RUISCH (Rachel).

34 — Branche de fruits sur une table.

BRIL (Paul).

35 — Entrée d'un bois.

THIELEN (Jean-Philippe van).

36 — Bouquet de fleurs et de fruits attachés par un ruban.

BRAKENBURG (Richard).

37 — Réunion de bergers et de bergères dans un paysage.

ROMBOUTS (Théodore).

38 — Le Joueur de flûte.

WENIX (Jean-Baptiste).

39 — Un Lièvre mort et divers gibiers morts.

JANSSENS (Ledanseur).

40 — La Partie de chant.

DU MÊME.

41 — Le Joyeux Déjeuner.

RUYSDAEL (SALOMON).

42 — Paysage et Marine.

DU MÊME.

43 — Voyageurs traversant une rivière sur plusieurs
barques.

RUYSDAEL (JACQUES).

44 — Lisière d'une forêt.

MOUCHERON (FRÉDÉRIC).

45 — Paysage avec cavaliers sur le premier plan.

VOUET (SIMON).

46 — Paysage, intérieur de forêt; on voit Bachus et
plusieurs satyres qui lui versent à boire.

STELLA (JACQUES).

47 — Maïse sauvé des eaux.

RIGAUD (HYACINTHE).

48 — Portrait de Le Nôtre, architecte de Louis XIV.

MARATTE (CARLE).

49 — La Vierge, Jésus et saint Jean.

ÉVERDINGEN (ALBERT VAN).

50 — Paysage, site montagneux.

WATTEAU, de Lille.

51 — La Querelle.

LENZEN (élève de OMMEGANC).

52 — Moutons dans un paysage.

BACKUISEN (LUDOLFF).

53 — Marine, mer agitée.

RUYSDAEL (JACQUES).

54 — Rochers avec cascades.

JOUVENET (JEAN).

55 — Un Martyr.

UDEN (LUC VAN).

56 — Plusieurs personnages font la conversation à la
porte d'un château.

WIT (EMMANUEL).

57 — Intérieur d'un temple avec figures.

ÉCHARD.

58 — Paysage et marine près d'une ville.

TERBURG (Attribué à GÉRARD).

59 — Le Marchand de poissons.

CLARENBRIERENG (Signé), 1600.

60 — Portrait d'homme à collerette.

BOUT et BOUDEWYNS.

61 — Vue d'un village traversé par une rivière.

LANTARA (Simon-Mathurin).

62 — Paysage avec cascades.

DEHEEN (Jean-David).

63 — Fleurs et fruits.

BALEN (Henrik van).

64 — L'Annonciation.

MAAS (Nicolas).

65 — Un Fumeur.

VELDE (Attribué à Adrien Van de).

66 — Animaux traversant une rivière.

COENE (Henry).

67 — Intérieur de cuisine.

FYT (Jean).

68 — Lièvre, perdreaux et divers gibiers morts.

ÉVERDINGEN (Albert van).

69 — Paysage, genre de Ruysdael.

LEBLOND (Signé).

70 — Dans l'intérieur d'un salon plusieurs personnes
font de la musique.

OUDRY (Jean-Baptiste).

71 — La Chasse aux canards.

HOBBÉMA (Attribué à Meindert).

72 — Paysage avec chaumière.

GRIFF (Adrien).

73 — Chiens gardant du gibier.

RUYSDAEL (Salomon).

74 — Vue d'un vieux château sur les bords de la Meuse
plusieurs barques et de jolies figures ornent
ce tableau.

NEER (Eglon van der).

75 — Personnage de distinction sortant d'un riche
palais.

HUYSMANS, de Malines).

76 — Paysage, site montagneux.

ARTOIS (JACQUES VAN).

77 — Paysage avec figures. Genre de Van der Meulen.

POEL (EGBERT VAN DER).

78 — Clair de lune.

WINANTS et FYT.

79 — Dans un paysage un hérisson près d'un nid.

DES MÊMES.

80 — Pendant du précédent.

81 — Sous ce numéro seront vendus les tableaux omis et quelques bordures dorées.

Renou et Maulde, imprimeurs de la Compagnie des Commissaires-Priseurs, rue de Rivoli, 144.

0943